CANTIQUES

DE

SAINT-PIERRE

PAR

H. DELOR

———◆———

LIMOGES

J.-B. LEBLANC, LIBRAIRE-ÉDITEUR

3, rue Cruchedor, 3

—

1878

CANTIQUES DE SAINT-PIERRE

A la France

ŒUVRE DE LA SAINTE-ENFANCE

— POÈME —

I.

L'HUMANITÉ.

Je suis l'Humanité plaintive :
La foudre, un jour, toucha mon front,
Et la blessure, toujours vive,
Me courbe sous son dur affront...
Le souvenir d'une grandeur étrange
Dans mes malheurs splendide est demeuré,
Et, chaque nuit, rêvant des rêves d'ange,
Soixante siècles j'ai pleuré.

CHŒUR DE VIEILLARDS.

De ma tête, qui penche
Sous le poids des revers,
La chevelure blanche
Flotte au vent des hivers.

L'ÉGLISE.

Je suis l'Église souveraine :
Le sang d'un Dieu me couronna ;
Mais le sang qui court dans ma veine
L'Humanité me le donna.
Jésus m'a dit : « Je te livre la terre :
Si des bienfaits peuvent la conquérir,
Rends au Pouvoir son divin caractère,
    Règne en servant jusqu'à mourir ».

VOIX D'ENFANTS.

O douces messagères,
Fraîches brises du soir,
Aux plages étrangères
Portez un peu d'espoir.

CHŒUR GÉNÉRAL.

Océans et rivières,
Place, place à l'Esprit de feu !
Montagnes au front bleu,
Abaissez vos barrières :
Il n'est plus de frontières ;
La terre n'est qu'un lieu (1),
La terre est l'empire de Dieu.

II.

L'HUMANITÉ.

Assis aux bords des larges fleuves,
Sous leurs diaphanes palais,
Ils disaient aux nations neuves :
« Tout vieillit et meurt : nous, jamais ! »

(1) « *Erat terra labii unius.* » (GEN., XI, 1.)

Orgueil maudit! le grand et vieil empire
Porte en sa chair un mal envahissant :
L'Infanticide, effroyable vampire,
　　S'y repaît, chaque nuit, de sang.

CHŒUR DE FEMMES.

　　O sereines étoiles,
　　Que le vent des hivers,
　　Roulant sur vous ses voiles,
　　Vous cache ces pervers !

L'ÉGLISE.

Fuyez le faste et l'arrogance ;
Restez les plus petits de tous ;
Gardez, dans l'ombre et le silence,
Vos cœurs pacifiques et doux ;
Car, à la voix d'Abel, qui les demande,
Dieu va du Ciel verser des châtiments.
Priez, mes fils..., que plutôt il entende
La voix de vos gémissements !

VOIX D'ENFANTS.

　　O douces messagères,
　　Fraîches brises du soir,
　　Aux plages étrangères
　　Portez un peu d'espoir.

CHŒUR GÉNÉRAL.

Océans et rivières, etc.

III.

L'HUMANITÉ.

Ils ont dit : « A nous la sagesse,
Et l'industrie, et ses trésors !
Enfermons chez nous la richesse ;
Vivons, et qu'eux meurent dehors !
Même chez nous, un jour, si, trop féconde,
La vie osait encombrer nos festins,
Nous saurons bien arrêter tout ce monde
Au seuil de nos heureux destins ! »

CHŒUR DE JEUNES HOMMES.

Pourtant, féconde terre,
Les générations,
Sans épuiser leur mère,
Germent dans tes sillons !

L'ÉGLISE.

Le pauvre a faim, l'orphelin pleure,
L'hiver désole au loin vos champs (1),
Le trépas moissonne, et chaque heure
Sonne un triomphe des méchants... :
Vous avez donc vos deuils et vos alarmes ;
Et cependant, sur d'autres bords assis,
Bien plus que vous d'autres versent des larmes :
Il faut les consoler, mes fils !

VOIX D'ENFANTS.

Allez donc, messagères,
Fraîches brises du soir,
Aux plages étrangères
Porter un peu d'espoir.

(1) La fête de la Sainte-Enfance se célèbre pendant le temps de Noël.

CHŒUR GÉNÉRAL.

Océans et rivières, etc.

IV.

L'HUMANITÉ.

Ces forfaits ailleurs se commirent,
Mais les égorgeurs triomphants
Plus d'une fois, le soir, frémirent,
Quand Rachel pleurait ses enfants.
Rachel n'est plus ! Un animal immonde,
L'onde du fleuve, achèvent tout sans bruit,
Et l'on entend, seules, dans l'eau profonde
Tomber les larmes de la nuit !

CHŒUR DE JEUNES FILLES.

O plainte maternelle,
Que le vent des hivers
Te porte sur son aile
Au bout de l'univers !

L'ÉGLISE.

De mon signe et de ma parole,
Enfants, je vous ai sacrés, vous :
Porteurs de la blanche auréole,
Vous êtes des rois parmi nous.
Rois du matin, une croisade sonne :
Il faut sauver vos frères expirants ;
Qu'un cri d'amour parmi leurs bourreaux tonne !
Dieu le veut ! soldats, à vos rangs !

VOIX D'ENFANTS.

Rapides messagères,
Allez, brises du soir,
Aux plages étrangères
Porter un peu d'espoir.

CHŒUR GÉNÉRAL.

Océans et rivières, etc.

V.

L'HUMANITÉ.

La nuit aux froides épouvantes
M'enveloppe, et vers l'inconnu,
Sur les terres toujours mouvantes,
Je pose en tremblant mon pied nu.
Qui me dira s'il faut marcher encore,
Quand tout m'annonce un sanglant lendemain,
Quand j'aperçois le sphinx qui nous dévore
Assis là-bas sur mon chemin ?

CHŒUR DE POÈTES.

Angoisse de ma mère,
Dans l'espace vermeil
Va chercher la lumière,
Monte jusqu'au soleil !

L'ÉGLISE.

Plusieurs t'ont crié : « Point de doutes,
Point d'amollissantes terreurs ! »
Mais regarde !... combien de routes
S'ouvrent béantes à l'erreur !

Par tant de voix ta grandeur ne peut être
Conduite au but superbe où lu prétends.
L'Universel, l'Eternel, ton seul maître,
　　Doit guider tes pas dans le temps.

CHŒUR DE MÈRES.

Brises des saints messages,
Filles des grands sommets,
Parlez! nos fils, plus sages,
Ecoutent désormais.

CHŒUR GÉNÉRAL.

Océans et rivières, etc.

VI.

L'HUMANITÉ.

A toi qui, du fond de l'espace,
Le front ceint de jours éternels,
Vins ouvrir la route où je passe,
Et m'abritas sous tes autels ;
A toi sans doute à me parler en reine,
A toi sans doute à régler mon destin !...
Mais donne-moi, pour vaincre enfin la haine,
De tes signes le plus certain.

CHŒUR DE SAVANTS.

Apaisons nos pensées,
Sortons, sortons de nous,
Et, paupières baissées,
Ecoutons à genoux !

L'ÉGLISE.

Revoyez le Golgotha sombre ,
Son rocher, ses tombeaux ouverts...
Sur la croix, enveloppé d'ombre,
Dieu meurt, embrassant l'univers.
C'est là mon signe ! A ce monde où tout pleure (1),
Où tant de cœurs ne boivent que du fiel,
J'ouvre les bras : je veux que rien ne meure,
Je veux tout emporter au ciel !

VOIX D'ENFANTS.

O douces messagères,
Fraîches brises du soir,
Aux plages étrangères
Portez ce grand espoir.

CHŒUR GÉNÉRAL.

Océans et rivières, etc.

VII.

LA FRANCE.

— Tu seras mon témoin, ô terre ! —
Tant que sur tes peuples au loin
Plana ma gloire solitaire,
— O ciel, tu me seras témoin ! —
De quelque lieu qu'un long cri de souffrance
Vint réclamer nos soins et nos trésors,
On me voyait debout..... J'étais la France,
J'étais la grande France alors !

---

(1) « *Omnis creatura ingemiscit.* » (Rom., VIII, 22.) — « *Sunt lacrymæ
rerum.* » (VIRGILE.)

CHŒUR DE PEUPLES.

Les îles l'ont bénie,
Et sur les continents
Ses bienfaits, son génie,
Ont passé rayonnants.

L'ÉGLISE.

Quand ils souillèrent ta couronne
Des vomissements du canon,
Si j'ai versé des pleurs, pardonne :
Je n'ai pas douté de toi ! non !
Douter de toi ?... quand je pouvais me dire :
« Le plan divin sort de l'obscurité :
Le prix du sang de la France martyre
Est ton salut, Humanité ! »

VOIX D'ENFANTS.

O douces messagères,
Fraîches brises du soir,
Aux plages étrangères
Portez, portez l'espoir.

CHŒUR.

Océans et rivières,
Place, place à l'Esprit de feu !
Montagnes au front bleu,
Abaissez vos barrières ;
Il n'est plus de frontières :
La terre n'est qu'un lieu,
La terre est l'empire de Dieu.

Ce poème a été traduit, à peu près tout entier, dans une admirable musique, par M. Paul CHARREIRE, organiste de la cathédrale de Limoges.

1*

HYMNE

DE LA PROPAGATION DE LA FOI [1]

Je rêvais de grandeur, de liberté, de gloire;
Des visions de feu berçaient mon cœur séduit :
Le jour monte partout, disais-je, et l'ombre fuit !
Rêve, hélas ! rêve dérisoire !
Car l'esprit m'emporta sur un haut promontoire,
Et dans le monde il faisait nuit !

CHŒUR.

De l'équateur à la nuit boréale,
Du vieux monde aux nouvelles mers,
De capitale en capitale,
Des grands peuples aux grands déserts,
Reprends ta course triomphale,
O Croix, règne sur l'univers !

Ce gigantesque empire où jamais rien ne change
C'est un linceul tout plein de morts entre ses plis...
De grands troupeaux humains dorment ensevelis
Dans la nuit, aux rives du Gange...
Le Nil roule de l'ombre en son épaisse fange
Sur les plaines où fut Memphis...

(1) Musique de Paul CHARREIRE.

Des peuplades encor mangent la chair humaine ;
Moloch, les bras tendus et rouges, est debout ;
Cette grande cité, là-bas, est un égout ;
     La terre, une sanglante arène,
Une immense prison de sanglots toute pleine ;
     La femme, une esclave partout !.

Des peuples renégats errent, pâles fantômes,
A travers des débris qui furent des palais ;
La ruse aujourd'hui parle aux lieux où tu parlais,
     Noble fierté des Chrysostômes !
Et du saint Evangile on a vu des royaumes
     Jeter au vent tous les feuillets.

Au fond de l'Inde, au sein de l'Afrique inconnue,
Souffle un vent formidable, et dans ses tourbillons
Il soulève et fera sortir des bataillons
     De ces déserts, comme la nue ;
Au tombeau du prophète, on dit qu'une main nue
     Montre son sabre aux nations (1).

L'abîme ouvert appelle, il appelle... Bon Maître,
Aux appels de l'Enfer oppose ceux du ciel ;
Des peuples t'ont banni !... toi, Soleil éternel :
     Chez des ingrats daigne renaître !
Aux peuples ignorants, ô Jésus, fais connaître
     Ton doux nom, plus doux que le miel !

(1) On parlait alors d'une recrudescence de fanatisme musulman
l'occasion du pèlerinage de la Mecque.

LA CHARITÉ [1]

Le pauvre a passé dans le monde,
Et le monde l'a méprisé,
Comme on rejette un reste immonde,
Comme on foule un roseau brisé ;
Jésus pourtant, souverain maître
Des mondes et du genre humain,
Dans une étable voulut naître,
Et Jésus, pauvre, tend la main !

CHŒUR.

Donnez au pauvre une pensée,
Versez dans son âme offensée
De votre cœur le bon trésor ;
A sa main vers vous avancée
Ne refusez pas un peu d'or.

Il tend la main, lui que les sphères
Chantent dans leurs concerts profonds;
Lui qui fait vomir leurs cratères
Quand il touche, en passant, les monts ;
Du pauvre il a pris la livrée,
Et, pendant qu'il dictait sa loi,
Un jour sa parole inspirée
Dit bien haut : « Le pauvre, c'est moi ! »

(1) Musique de Joseph-Chéri DOSSON, professeur de musique au collége
de Felletin.

Il tend la main : prenez donc garde !
Si le pauvre, quand vous passèz,
D'un œil triste et doux vous regarde,
Regardez-le, et réfléchissez...
Car cet œil en pleurs qui vous prie,
C'est celui dont Jésus, un jour,
Laissa sur la pauvre Marie
Tomber le pardon et l'amour.

Dans les champs lointains de l'espace,
A travers les globes en feu,
Quand, sur son char rapide, il passe,
Si les soleils insultaient Dieu....,
Tout à coup, dans le vide immense,
Ils iraient éteints et flétris,
Et la nuit, l'éternel silence,
Envelopperaient leurs débris.

Quand, pèlerin de la vallée
Où l'homme arrose quelques fleurs,
Dieu passe, majesté voilée,
Sous l'indigence et les douleurs,
Offre lui, roi d'un peu de terre,
Sa part du fruit de tes sillons...
Car il est le roi du tonnerre,
Ce pèlerin sous des haillons !

Fais mieux : rends-lui ce qu'il te donne...
Ton Dieu, le soir du dernier jour,
Te fit le don de sa personne ;
Aimé, sache aimer à ton tour !
Et, quand, autour du grand problème,
S'agite un siècle épouvanté,
Chrétien, dis-lui le mot suprême :
« Comme Dieu, sois LA CHARITÉ » (1).

(1) « *Deus charitas est.* » (JOANN.)

A mon ami l'Abbé TANDEAU DE MARSAC

Directeur de la Persévérance des jeunes Ouvriers de Limoges

HYMNE DE LA PERSÉVÉRANCE

CHANT DU NAVIRE *LE FIDÈLE*

SOLO.

Je te salue, ô mer profonde !
Enfin donc me voilà jeté
Sur l'abîme qui ceint le monde
De terreur et d'immensité.
Quand au loin le devoir m'appelle,
Je pars joyeux, car j'ai juré
De rester toujours *le Fidèle*...
      Je reviendrai !

CHŒUR.

Vogue, vogue, ô toi *le Fidèle*,
    Sous le ciel noir ou bleu,
    Sur la mer sombre ou belle,
Vogue, vogue au souffle de Dieu!
    Vers la glace éternelle,
    Vers les îles de feu,
Vogue, vogue au souffle de Dieu !

O des régions sidérales,
Toi la reine, Étoile des mers,
Avec tes clartés virginales,
Guide-moi sur les flots amers.
Si quelque nuage te voile,
A travers son flanc déchiré,
Cherchant toujours ma blanche étoile,
    Je reviendrai !

Vent du départ, vent de la joie,
Ouvre-mon flottant pavillon,
Et sur son fond d'azur déploie
De ma croix l'ardent vermillon.
Quand sur les plus lointaines rives,
Grand signe, je t'aurai montré
Aux pauvres peuplades captives,
    Je reviendrai !

Qui vient là-bas ?... C'est la tempête !
Hurle, monstre : je n'ai pas peur,
Et je mêle mon chant de fête
Aux sifflements de ta fureur.
Grondez, formidables colères :
A la Pierre immortelle ancré,
Je tiens tête à vents et tonnerres :
    Je reviendrai !

Qu'à mes yeux la terre féconde
Etale des trésors nouveaux ;
Que la pourpre et la perle blonde
Quittent pour moi le sein des eaux,
Aux biens trompeurs de l'opulence
Jamais je ne m'enchaînerai :
Dans ma native indépendance,
    Je reviendrai !

Eussé-je des mers inconnues
Ouvert le rebelle chemin ;
Eussé-je plus haut que les nues
Fait arriver l'effort humain ,
France, vers toi ma rêverie
A toute heure aura soupiré :
Pour te revoir, ô ma patrie ,
    Je reviendrai !

Soleils brûlants, nuits pleines d'ombres,
Perfides mers , climats trop doux ,
Flots courroucés, abîmes sombres,
Je vous aurai traversés tous.
Et, pour qu'aux eaux de mon baptême
Un jour mon vieux pont effondré
Repose son repos suprême,
    Je reviendrai !

HYMNE

POUR LES OSTENSIONS DE 1876 [1]

Mirabilis Deus in sanctis suis.
(Ps.)

I.

N'abdique pas ta vieille gloire,
Peuple marcheur, peuple lassé,
Et relis un peu ton histoire,
Assis à l'ombre du passé.
Le soir, aux foyers domestiques,
N'aimes-tu pas la douce voix
Du témoin des choses antiques,
De l'aïeul parlant d'autrefois ?

CHŒUR.

Restes sacrés, triomphantes poussières,
Vivants foyers du souvenir,
Retrempez-nous dans vos âmes altières,
Et, devant nous, marchez vers l'avenir !

L'arbre superbe dont la tête
Se perd dans les grandeurs du Ciel...
A cent fois vaincu la tempête
En un gigantesque duel !!!

---

(1) Musique de Cécile Charreire, organiste de l'église Saint-Pierre.

Du feu, de l'eau, de l'air qui gronde,
Si l'arbre roi brava le choc,
C'est que sa racine profonde.
Mordait aux entrailles le roc.

CHŒUR.

Restes sacrés, triomphantes poussières,
  Vivants foyers du souvenir,
Retrempez-nous dans vos âmes altières,
Et, devant nous, marchez vers l'avenir!

II.

Oui, mère des forts, ô patrie,
Tes fils, en creusant ton vieux sol,
Entendront une voix qui crie :
« Laissez passer l'âme au grand vol ».
Tes saints, aigles de ces montagnes,
Où leur transcendance aborda,
A nos villes, à nos campagnes,
Disent sans fin : *Sursum corda !*

Au pied des grottes séculaires
Qu'illuminèrent leurs vertus,
Le torrent, gonflé de colères,
Roule des chênes abattus.
Là-haut, loin de toute épouvante,
Dans un azur tranquille et clair,
Passe, douce brise qui chante,
Leur esprit, vainqueur de la chair.

Où furent d'âpres solitudes,
Où furent de noires forêts,
On peut voir, grâce à leur mains rudes,
Au soleil rire les guérets.

Aux cîmes d'où le loup sauvage
Fut chassé par leurs oraisons,
Tout blanc, là-bas, un gai village
Boit tous les feux des horizons.

Avant de porter au grand fleuve
Le brillant tribut de ses eaux,
Toujours fraîche, une source abreuve
Vingt bocages et vingt hameaux.
Rien n'épuise ton abondance :
Ni les soleils, ni l'aquilon,
Flot des pleurs de la pénitence
Du pauvre ermite du vallon.

Où le sombre druide en fièvre
Criait : « Il faut au ciel du sang! »
MARTIAL vint... : sa douce lèvre
Dit : « Non! mais un cœur innocent! »
Et, comme alors des cris féroces
Demandèrent du sang chrétien,
VALÉRIE, au seuil de tes noces,
Noble enfant, tu donnas le tien.

Et, les mains jamais assez pleines,
Rome, l'âpre Rome était là....,
Et sur nos cités, sur nos plaines,
Le Nord vomissait Attila!
Eux, calmes comme la Justice,
Formidables comme la Mort,
Ils descendirent dans la lice,
Et le saint triompha du fort.

Voici le flot humain qui roule,
Pêle-mêle avec les heureux,
Toujours, toujours la grande foule :
Mendiants, moribonds, lépreux...

Ils aimèrent ce fleuve sombre,
Et leur charité, — sans effroi
Devant ces misères sans nombre, —
Dit à toutes : « *Venez à moi !*

» Venez, nous mêlerons nos larmes ;
Venez à l'arbre de la croix... :
Qui pleure trouve aux pleurs des charmes,
S'il mange le fruit de ce bois. » .
Et, par ces vaillants cœurs, le monde
D'un bonheur nouveau fut doté :
Où l'on souffre la joie abonde (1) ;
Mourir est une volupté (2).

De l'esclave ils firent un frère,
Ils abritèrent le proscrit ;
Pieux, ils bénirent la terre
Pour que notre cendre y fleurît.
L'homme enfin, l'homme, frêle arbuste,
Par tant de souffles flagellé,
Fut porté sur leur foi robuste
Par-delà le ciel étoilé.

Et, pendant qu'ils versaient aux âmes
De cette foi les riches dons,
Qu'ils protégeaient de pauvres femmes
Contre de royaux abandons,
A l'ombre du saint monastère
La modeste école s'ouvrit
D'où sortit maint grand caractère,
Où germa plus d'un vaste esprit.

(1) « *Superabundo gaudio in omni tribulatione.* » — « Je surabonde de
joie dans toutes mes tribulations. » (2 Cor., VII, 4.)

(2) « *Mihi mori lucrum.* » — « Mourir m'est un gain. » (Ph., I, 21.)
« *O Crux tam diu desirata !* » — « O Croix où je voulais tant mourir ! »
(St André.)
« *Aut pati aut mori.* » — « Ou souffrir ou mourir. » (Ste Thérèse.)

De nos saints j'ai revu la liste :
Là que de noms au vif éclat !
ÉLOI, l'incomparable artiste,
Le pontife, l'homme d'Etat... ;
RORICE, l'ami des poètes ;
ÉTIENNE, le contemplatif ;
LÉONARD, les mains toujours prêtes
A briser les fers d'un captif.

CHŒUR.

Restes sacrés, triomphantes poussières,
　Vivants foyers du souvenir,
Retrempez-nous dans vos âmes altières,
Et, devant nous, marchez vers l'avenir !

III.

Tu rêves la grandeur humaine,
Tu veux l'idéale beauté,
Tu veux l'indulgence sereine,
Tu veux la noble liberté ?
Vois cet œil clair, pur comme l'onde,
Ce cœur humble et doux, ce front ceint
Des éclairs de l'âme profonde...
Peuple, incline-toi : c'est un saint !

Les plaisirs et l'or dans leur piége
Prennent ici nos cœurs... Mais eux !
Vois, là-haut, passer le cortége
De ces sublimes dédaigneux.
Qu'ils sont loin de notre poussière !
Emportés sur le char de feu,
Leur pauvreté féconde et fière
Moissonne dans les champs de Dieu.

CHŒUR.

Restes sacrés, triomphantes poussières,
  Vivants foyers du souvenir,
Retrempez-nous dans vos âmes altières,
  Et, devant nous, marchez vers l'avenir !

IV.

Beau ciel, ces fils de la victoire,
Ces héros du champ des combats,
Tout enivrés chez toi de gloire,
Regardent-ils encore en bas ?.....
Peuples, revoyez vos annales,
Et vous lirez, les yeux en pleurs :
« Dans nos heures les plus fatales
Nos BONS SAINTS furent des sauveurs ».

Incendie aux clartés sanglantes,
Lugubres inondations,
Grondements des terres tremblantes,
Peste, terreur des nations (1),
Nos forces, par vous dépassées,
Malgré de fraternels secours,
Laissaient tomber nos mains lassées,
Et vous nous dévoriez toujours.

---

(1) Le miracle du *Mal des ardents,* si célèbre dans tout le moyen âge, demeure vivant sous nos yeux par le nom d'un de nos grands faubourgs. Les populations en proie à ce fléau terrible accoururent de toutes parts, demandant qu'on leur montrât (*ostendere* — Ostensions) les reliques de leurs *bons Saints*. Pour répondre à ce pieux appel, on porta les reliques sur le point culminant du coteau où s'échelonne la ville de Limoges. La foi de ces multitudes, leurs prières redites par leurs Saints au pied du trône d'où descendent la justice et la miséricorde, eurent une récompense éclatante : le fléau cessa. Les foules redescendirent de la montagne en poussant des cris de joie : de là le nom de *Mont-Jauvi* — *Mons Gaudii,* mont où l'on s'est *edjauvi;* comme dit notre patois. Il ne faut donc pas écrire *Montjovis.*

Tout à coup, dans l'affreux silence,
De l'homme impuissant et dompté,
La foi du vieux peuple s'élance,
Ardente, vers l'Immensité,
Là veillent nos saints : leur prière
En appelle au cœur du bon Dieu,
Et l'on voit marcher en arrière
L'inondation ou le feu (1).

Sortez donc de vos basiliques !
Le peuple, dans tous ses chemins,
Veut vous revoir, saintes RELIQUES,
Vous porter encor dans ses mains,
Plus la terre paraîtra forte,
Riche en flots de lait et de miel,
Dans le mouvement qui l'emporte,
Plus elle doit s'unir au ciel.

CHŒUR.

Restes sacrés, triomphantes poussières,
Vivants foyers du souvenir,
Retrempez-nous dans vos âmes altières,
Et, devant nous, marchez vers l'avenir !

(1) On sait les deux grands incendies de Limoges : le premier, arrêté par la relique de saint Martial au moment où il menaçait le quartier le plus inflammable de la ville ; le second, en 1864 : toute cette génération l'a vu. Les forces humaines étaient épuisées, l'eau manquait ; les pompiers des villes voisines, accourus à notre appel, prodiguaient en vain de généreux efforts. A ce moment se déroula la procession des Reliques, exigée, on peut le dire, par le peuple. Poussé jusque-là par un vent sec et violent du nord, le fléau, marchant toujours, allait atteindre la Boucherie. Tout à coup se leva du sud un vent humide et mou, qui, repliant les flammes sur les ruines qu'elles venaient de faire, les força à s'éteindre faute d'aliment.

« *Transtulit austrum de cœlo, et induxit in virtute sua africum.* » — « Dans le ciel soufflait un vent : Dieu, par sa puissance, en fit souffler un autre. » (*Psal.* 77.)

« Battu des vents, que Dieu seul peut changer. »
(BÉRANGER.)

HYMNE

DE L'IMMACULÉE CONCEPTION

A Saint-Pierre, le 8 décembre 1876 (1)

·I.

Du vieux serpent la profonde morsure
Au monde entier a versé son venin :
Tout ici-bas souffre d'une blessure,
Toute grandeur porte au flanc son déclin.
A l'arbre humain la sève inoculée
Donnait toujours ses tristes fruits de mort ;
Mais voici l'heure ! ô Vierge immaculée :
Viens écraser le monstre qui nous mord.

Ils l'affirmaient tous, les anciens prophètes :
On la verra, disaient-ils, c'est certain !
Et nous sentions, nous, dans toutes ses fêtes,
Son souffle pur, un parfum du matin.
Un siècle vint qui, se faisant impie,
Se refusait l'idéale Beauté.....
Tu seras grand parmi les grands, ô Pie,
Pour l'en avoir, toi, malgré lui, doté.

(1) Musique de Cécille CHARREIRE.

CHŒUR.

Je ne maudis plus la vallée,
Où pourtant de mes pleurs le flot n'a point tari,
Depuis que, blanche, immaculée,
Marie à la terre a souri,
Depuis que sous ses pieds les roses ont fleuri.

II.

Aussi le peuple, à cette voix maîtresse
Qui confirmait ses anciennes amours,
En feux de joie écrivit son ivresse,
Et d'une nuit fit le plus beau des jours.
« Une de nous, disaient les filles d'Ève,
Est donc enfin toute belle ! A son front
Le diadème, et, dans sa main, le glaive,
Vont nous venger du séculaire affront. »

Et l'homme dit : « Quelle aube pure brille !
Tout est blancheur devant mes yeux surpris !
O ma compagne, ô ma mère, ô ma fille,
Qui désormais connaîtra votre prix ?
Sœurs de Marie, et, près d'elle, sereines,
Libres, comme elle ayant sa pureté,
A nos foyers asseyez-vous en reines,
Etonnez-nous de votre majesté. »

CHŒUR.

Je ne maudis plus la vallée, etc.

III.

Prends ta palette, ô superbe génie
Qui, rêvant d'elle à genoux et priant,
La vis, avant les siècles, définie
De l'Astre-Dieu nécessaire Orient.
Puis, relevant, radieux, tout en flamme,
Ton front longtemps sur la toile penché,
Présente à l'homme, à son cœur, à son âme,
Le beau divin, la beauté sans péché.

Dans des vapeurs d'azur fais la descendre (1),
Entoure-la de chérubins ravis,
Chantant des airs que nous croirons entendre;
Joins sur son cœur ses mains comme deux lis.
Mets dans ses yeux le ciel bleu de l'Espagne,
Un peu voilé d'une larme d'amour;
Que, sous ce vol solennel qui la gagne,
La terre sente enfin venir le jour !

CHŒUR.

Je ne maudis plus la vallée, etc.

IV.

« Je taillerai l'Athos en Alexandre,
Et dans sa main je sculpterai des tours... »
Ce mot d'un fou, les chrétiens l'ont su rendre
Un fait visible, éclatant en nos jours.
Qui n'a pas vu, montagne Pyrénée,
Ton dernier roc, puissant bras, sans plier,
Tenir en l'air, de sa tour couronnée,
La basilique où chante un peuple entier?

(1) Il serait temps de ne plus appeler *Assomption* le chef-d'œuvre où Murillo représente, *descendant du ciel*, la Vierge conçue dans le plan éternel, sans tache et toute belle.

Le cœur tout plein de saintes rêveries,
Quand vous passez sur le Gave écumant,
Cherchez de l'œil vers le fond des prairies,
Caché dans l'ombre, un humble toit fumant :
« Elle était là, la petite meunière,
L'enfant du peuple ; elle partit de là ».
Puis ajoutez, — désignant la chaumière : —
« *Ceci* » — montrant le temple — « a fait *cela* ».

Toi dont la main fit jaillir ces fontaines,
Toi qui fondas ce temple, douce enfant,
Ton nom, connu des souffrances humaines,
Sur nos orgueils a passé triomphant.
Et puis, vois-tu ? la Reine immaculée
A, par tes doigts, sur ta montagne, écrit :
« Laissez la chair en sa fange acculée,
Et vers le ciel faites monter l'esprit ».

CHŒUR.

Je ne maudis plus la vallée, etc.

V.

Des rois, guidés par une étoile sainte,
Vers Bethléem marchèrent autrefois :
Peuple, il te plaît, vers la pieuse enceinte,
En pèlerin, d'aller comme des rois.
Qui t'osera susciter des obstacles
Lorsque tu veux, libre, te déplacer ?
Peuple, dis-leur que tu vaux des miracles ;
Dis-leur : « Je vais à Dieu... : laissez passer ! »

VI.

UNE VOIX.

Du grand soleil ô toi qui fus l'aurore,
Sur nos berceaux verse à grands flots l'espoir !

UNE AUTRE VOIX.

Pâle et mourant, que mon front se colore
De tes clartés, douce étoile du soir !

PREMIÈRE VOIX.

La terre tremble et la guerre se lève !

DEUXIÈME VOIX.

O femme forte, ô vierge des combats,

LES DEUX VOIX.

De ta main blanche à nos fils ceins le glaive,
Fais de nos fils d'invincibles soldats !

CHŒUR.

Je ne maudis plus la vallée,
Où pourtant de mes pleurs le flot n'a point tari,
Depuis que, blanche, immaculée,
Marie à la terre a souri ;
Depuis que, sous ses pieds, les roses ont fleuri.

SAINT VINCENT DE PAUL

CHŒUR.

A toi, doux vieillard qui t'inclines,
Moins chargé d'ans que de bienfaits ;
A toi qui des bontés divines
Traduisit les plus beaux secrets ;
A toi, chef de ces héroïnes
Vierges fortes, anges de paix ;
A toi, père des orphelines,
A toi nos cœurs et nos chants pour jamais !

LÉGENDE.

Né dans un village,
Dès le plus bas âge,
Son cœur pur et sage
Aima le Seigneur.
Aux pages d'honneur,
Et dans les plus grandes,
Le berger des Landes
A mis sa splendeur.

Oh ! de sa chaumière
Comme la prière
Simple et familière
Montait droit au ciel !

Du toit paternel
Le doux enfant vole,
Ange à son école,
Saint prêtre à l'autel.

Quand ce prêtre passe,
Peuples, faites place,
Et puis, sur sa trace,
Tombez à genoux !
Ce cœur vaste et doux
Fait par Dieu lui-même,
Chers pauvres, il n'aime
Rien autant que vous.

Au fond de l'abîme,
Où croupit le crime,
Voyez-le, sublimé,
Descendre et s'asseoir !
Il fera moins noir
Aux galères sombres,
Depuis qu'à leurs ombres
Vincent se fit voir.

O terre africaine,
Entends cette chaîne
Que Vincent promène,
Sur tes bords jeté....
Va ! sa charité
Pour toi vers Dieu monte ;
Ce bruit de fers compte
Pour ta liberté !

Bientôt la patrie,
Sanglante, meurtrie,
La France lui crie :
« O mon fils, accours !

L'enfer tous les jours
Dévore, dévore ;
La souffrance implore
En vain des cœurs sourds ! »

Il vient : sa parole
Ranime, console,
Gronde, éclate, vole,
Court dans tous les rangs ;
Aux plus ignorants,
Prodigue, il la donne ;
Il en fait l'aumône
Même aux rois mourants.

« Or sus, grandes dames,
Pour de grandes flammes
Ouvrez de vos âmes
Le foyer divin !... »
Et l'on sait la fin.... :
L'éloquence austère
Donnait une mère
A chaque orphelin.

Bon pasteur, saint prêtre,
O modèle, ô maître,
Parmi nous fais naître,
Vivre ton esprit.
Où la foi fleurit
L'amour surabonde,
Et tu n'es, ô monde,
Rien sans Jésus-Christ !

CANTATE A SAINTE GERMAINE

LA BERGÈRE DE PIBRAC (1)

« Dans ses vieux langes étouffant !
L'humanité rampait sur terre.
Des peuples debout voici l'ère ! »
A dit un siècle triomphant.
— « Bienheureux l'homme au cœur d'enfant ! »
A dit la petite bergère.

Nouvelle étoile du matin
Apparue au ciel de la France,
Astre voilé de la souffrance,
Astre de paix et d'innocence,
    Sur un siècle incertain
    Verse ton influence ;
    D'un tranquille destin
    Donne-nous l'assurance :
    Étoile du matin,
    Verse à flots l'espérance.

« Avec ton grand cri : Liberté !
Lève-toi, lion populaire,
Et sur l'un et l'autre hémisphère
Va, promenant ta majesté.
— N'oubliez pas l'humilité, »
A dit la petite bergère.

(1) Musique de L. A. BOURGAULT-DUCOUDRAY.

« Par-delà les lointains sommets
Élevons notre taille altière,
Des vieux dogmes faisons litière,
Soyons les seuls dieux désormais !
— Peuple, aime le Dieu que j'aimais, »
A dit la petite bergère.

« Pour mettre en commun nos efforts,
Prenons sa foudre à l'atmosphère,
Et, sous leur grondante colère,
Des océans joignons les bords !
— Soyez bon, ô siècle des forts ! »
A dit la petite bergère.

« Ce dogme, au fond des cœurs inscrit,
Que tout homme de l'homme est frère,
Sur une éclatante bannière
Pour tous les yeux qu'il soit écrit !
— Prenez la croix de Jésus-Christ, »
A dit la petite bergère.

« Homme, je veux te couronner
D'une guirlande printannière :
La beauté, la beauté première
N'est-ce pas de tout dominer ?
— Non ! c'est souffrir et pardonner, »
A dit la petite bergère.

« Sous un ciel tout d'or et d'azur,
Libre, je poursuis ma carrière :
Pour la parcourir tout entière
Qui me dira le moyen sûr ?
— Se vaincre et garder son cœur pur, »
A dit la petite bergère.

O Roi pontife, ô Roi docteur,
O Roi plus que nul autre, Père
Qui vins, dans l'effroi de la guerre,
Au monde affamé de bonheur
Offrir, pour sceptre conducteur,
La houlette d'une bergère !!!

SAINT FÉLIX DE CANTALICE

Écoutez ! « Le ciel et la terre
Passeront ; mais moi, le Seigneur,
Dans les parfums, dans la lumière,
Je garderai mon serviteur.
Sur l'humble saint que Cantalice
Vit naître dans l'obscurité,
Fleurs, inclinez votre calice ;
Astres, versez votre clarté ! »

Salut à vous, champs de l'Ombrie,
Qui vîtes naître l'humble enfant
Dont le nom sur vous, sa patrie,
Plane aujourd'hui si triomphant.
Apennin, qui vis tant de gloires,
Dis aux brises de tes vallons
De répéter à nos mémoires
Son nom doux entre tous les noms.

Né dans une pauvre chaumière,
Ayant pour domaine un verger,
Il fit ce qu'avait fait son père :
Il fut laboureur et berger.
Laboureur, il domptait la plaine ;
Chrétien rude, il domptait ses sens ;
Ses agneaux à la blanche laine
Moins que lui furent innocents.

De l'église de Cantalice
Quand la cloche au son argentin
Annonçait le saint-sacrifice
Dans un pacage trop lointain,
L'enfant contre une roche grise
En croix verte arrangeait le houx,
Et pieux, comme dans l'église,
Il suivait la messe à genoux.

Un soir, devant la Vierge-Mère,
Prosterné pendant l'*Angelus*,
Il lui dit — naïve prière :
« Oh ! prêtez-moi l'Enfant Jésus !... »
Et soudain la Vierge d'albâtre
Se lève et se penche..., ô bonheur !...
Félix, Félix le pauvre pâtre,
Tenait l'Eternel sur son cœur.

A ce trait, le Saint séraphique,
François, reconnaît un des siens,
Et bientôt de l'Ordre angélique
Félix a pris les doux liens.
Là, chaque jour on le vit croître,
Monter de vertus en vertus,
Jusqu'à l'heure où du pauvre cloître
Il s'envola vers les élus.

Du ciel, quand sur notre bas monde
Tombent vos fraternels regards,
Vous pouvez voir la plaie immonde
Qui le ronge de toutes parts.
L'orgueil nous tue ! ô saint austère,
Entre tous les saints humble et doux ;
L'orgueil attire le tonnerre :
Par l'humilité sauve-nous !

SAINTE CATHERINE DE SIENNE

PROLOGUE.

Ta cathédrale, antique et noble Sienne,
    Porte ta gloire dans les airs :
Ta Catherine, encor mieux par la sienne,
    Te porte au loin dans l'univers.

Elle naquit pauvre, mais son enfance
    Tout à coup sur l'humble foyer
A si grands flots fit pleuvoir la science
    Que l'orgueil eût pu le noyer.

CHŒUR.

Échappé de notre poussière,
Le péché, funèbre vapeur,
Semble du trône du Seigneur
Vouloir étouffer la lumière :
Aussi le ciel tonne en courroux ;
Priez, nos saints, priez pour nous !

Comme ils sont fiers, nos saints ! D'un pied superbe,
    Sur la grandeur, sur la beauté,
Sur l'éclat vain des noms, comme sur l'herbe,
    Voyez marcher leur majesté.

Comme ils sont forts! Pour d'immenses batailles
 La chair armait ses passions....
Elle a reçu, sanglantes représailles,
 D'immenses flagellations.

Comme ils sont doux! Quand un indigne outrage
 Les a touchés, allez les voir!
Le chêne ainsi, quand a passé l'orage,
 Plus que jamais est beau le soir.

Comme ils sont bons! Peste, famine, glaive,
 Passez, moissonneurs du trépas;
Frappez! souillez!... Leur charité relève
 Le monde meurtri dans ses bras.

Ils chantent tous, nos saints! L'âme perdue,
 Au pays des concerts sans fin,
Ils ont redit quelque note entendue
 Sur la harpe d'un séraphin.

Tu fus aussi poète, ô Catherine;
 Ton cœur pur, par ta lèvre d'or,
Laissa tomber plus d'une hymne divine
 Que chante l'Italie encor.

Il plut à Dieu souvent que la nature
 Pour te servir changeât ses lois:
Le peuple un jour trouva sa nourriture
 Dans deux pains rompus par tes doigts.

La terre en pleurs, en ces temps, vit l'Église
 Incertaine entre deux soleils (1).
On assemblait les rois: tu fus admise,
 Toi la sainte, en ces grands conseils.

(1) Le grand schisme d'Occident.

Trente-trois ans sonnèrent .... Puis la tombe
Dans son ombre épaisse appela
Ce que les vers dévorent : — la colombe
Dans les champs d'azur s'envola !

ÉPILOGUE.

De Dominique ô toi fille si chère,
Du sein de ta gloire, souris
Au peuple, au temps qui revit Lacordaire,
En robe blanche dans Paris !

L'ANNONCIATION [1]

O pèlerin, suspends ta course une heure :
Cette bourgade obscure est Nazareth ;
Cette maison modeste est la demeure
Où germe à l'ombre un immense secret.
Une enfant pauvre y travaille, elle y prie ;
Le fuseau court sans fin entre ses doigts ;
Son nom, plus doux que le miel, est Marie,
Et cette pauvre est la fille des rois.

Or, un matin que l'enfant en prière
Ouvrait au ciel son cœur et son esprit,
L'humble maison se remplit de lumière,
Et Gabriel l'archange y descendit.
Il attendait, incliné, la réponse
Qu'il vint du ciel chercher en si bas lieu :
L'Enfant, troublée un instant..., se prononce,
Et, toujours vierge, elle est mère de Dieu.

(1) La plupart des cantiques sur la sainte Vierge furent composés sur
le mètre des *Fêtes bénies,* mis en musique par Luigi Bordèse.

LA VISITATION

O montagnes de la Judée,
Faites moins rudes vos sentiers ;
Nuages, gardez votre ondée;
Arbres, courbez vos fronts altiers !

Cette modeste enfant qui passe,
En robe blanche, en manteau bleu,
Pleine d'innocence et de grâce,
C'est la Vierge, mère de Dieu.

La douce charité l'appelle....
Là-bas, derrière l'horizon,
Une femme, sainte comme elle,
L'attend dans son humble maison.

Ensemble au ciel leurs voix montèrent;
Et le monde, tant qu'il vivra,
Des cantiques qu'elles chantèrent,
Pour louer Dieu, se servira.

« Que Dieu se révèle à mon âme (1)
Dans une éclatante grandeur !
Qu'avec bonheur, moi, pauvre femme,
Je donne à la terre un Sauveur ! »

(1) « *Magnificat anima mea Dominum.* »

MARIE

DANS L'ÉTABLE DE BETHLÉEM

CHŒUR (1).

Gloire et louanges
Au Roi des anges
Et des archanges,
Gloire au Sauveur !
Gloire à Marie,
Mère bénie,
Par Dieu choisie !
Gloire au Seigneur !

Comme un lis qui s'élève
Tout blanc dans le vallon,
Comme l'astre qui rêve
Là-bas à l'horizon,
Contre un pan de muraille
Où le Maître de tout
Dort sur un peu de paille,
Une femme est debout.

Dans la chétive étable
Quand les bergers viendront,
Quand le roi redoutable
Y courbera son front,

(1) Emprunté à un Recueil.

O pasteurs ! ô rois mages,
D'un regard triomphant,
La femme à vos hommages
Présentera l'Enfant.

Sur son char, le tonnerre,
Celui qui vole aux cieux
Dans les bras d'une mère
Dort enfant sous nos yeux ;
Et la terre ravie,
Et les anges émus,
Ont salué Marie
La mère de Jésus !

COMPASSION DE MARIE

Sur la terre silence,
Et sur la mer immense,
Et dans les grands déserts !
Silence dans les airs !
O brises de la plaine,
Retenez votre haleine !
Montagnes, plus d'échos !
Torrents, plus de sanglots !

Sur la terre, silence !
Et sur la mer immense,
Et dans les grands déserts !
Silence dans les airs !
Silence aux grands déserts !
Silence dans les airs !
Silence dans les airs !
Silence dans les airs !

Debout au sommet du Calvaire,
De grandes larmes dans les yeux,
Aux pieds de Jésus mort, sa Mère,
Muette, regarde les cieux.

Celui qu'elle a connu si tendre,
Celui qu'elle a vu si puissant,
Sur ce gibet, il vient de rendre
Son dernier souffle, en gémissant.

Vous qui pleurez des jours sans joie,
Ou des jours chargés de douleurs,
Vous qui passez par cette voie,
Comparez vos pleurs à ses pleurs.

Contre la souffrance, ombre amère,
Et l'éclat trompeur des beaux jours,
Sainte tristesse de ma Mère,
Garde et protége-moi toujours !

LE MOIS DE MARIE

Mois de Marie,
Fête chérie,
Déroule ta chaîne de jours,
Et que je vive,
Ame captive,
Enfin des célestes amours !

(Le chœur répète deux fois le refrain précédent.)

Sans toi le printemps conspire
Partout à perdre mon cœur :
Et ce ruisseau qui soupire
En promenant sa langueur ;
Et ces parfums que la terre
Verse comme un encensoir ;
Et ces bruits pleins de mystère
Qu'éveille le vent du soir...
　　　Mois de Marie, etc.

Viens à mon âme rêveuse
Parler la langue des forts ;
Mène la nue orageuse,
Ouvre le linceul des morts ;

Mêle aux terreurs du rivage,
Pour la nef qui le quitta,
Mêle aux longs cris du naufrage
Les sanglots du Golgotha !

  Mois de Marie, etc.

Du moins, dans les champs du vide
Fais-moi prendre mon essor,
Et conduis mon vol avide
Jusques aux étoiles d'or ;
Jusqu'à ce profond espace
Où, miroir du Dieu des dieux,   -
Une douce étoile efface
Toutes les splendeurs des cieux.

  Mois de Marie, etc.

    Doux mois de Marie,
    La sainte fleurie,
    La fête chérie,
    Pour nous tu reviens !
    A toi nos louanges,
    Reine des phalanges,
    Des vierges, des anges,
    Mère des chrétiens !

(Ce refrain se répète plusieurs fois.)

Donnez-vos fleurs pour Marie,
O prés, donnez vos senteurs !
Que l'espace lui sourie
Dans l'azur et les splendeurs !
Quand de la nuit solennelle
L'hymne saint commencera,
Pour elle seule, pour elle,
L'oiseau rêveur chantera.

Et dans ces flots d'harmonie,
Dans ces dons, par tous offerts,
Je n'aurais, Vierge bénie,
Moi, ni présents, ni concerts !
Regarde ! ton sanctuaire
S'illumine de nos feux,
Et la voûte séculaire
Frémit sous nos chants pieux.

MARIE, REINE DU CIEL

CHŒUR.

Passez, saintes phalanges,
Puissances et Vertus,
Et vous les sept archanges,
Et vous tous les élus;
Passez, longue série
De rois ceints de rubis,
Et saluez Marie
Reine du paradis.

Elle est votre reine,
Car le paradis
Est bien le domaine
De Jésus, son fils.
Prends donc la couronne,
Vierge d'Israël;
Un Dieu te l'ordonne :   } *bis.*
Sois reine du ciel.

Dans un saint mystère,
Lorsque, à Nazareth,
Simple et solitaire,
Le lis s'entr'ouvrait,

3

Qui donc pouvait croire ,
O fleur des déserts,
Qu'étoile ta gloire
Emplirait les airs ?

bis.

Dans nos sentiers rudes,
Vous avez pleuré ;
Dans nos solitudes,
Vos pas ont erré ;
Voici la patrie,
Voici les grands jours :
Régnez , ô Marie ,
Et régnez toujours !

bis.

LES FIDÈLES

SOUPIRANT

APRÈS LE DOGME DE L'IMMACULÉE CONCEPTION

UNE VOIX.

Qu'un jour enfin se lève
Bien longtemps attendu,
Et qu'à la nouvelle Ève
Son vrai nom soit rendu !
  Ah ! qu'il soit rendu !

CHŒUR.

Ce jour enfin se lève
Tant de fois reculé ;
Prends, prends, ô nouvelle Ève,
Ton nom immaculé !
  Astre immaculé,
Brille au ciel constellé

Rome, de sa voix grande et souveraine,
Va jeter un mot dans les nations...,
Et du Don au Nil, du Gange à la Seine,
Une étoile blanche étend ses rayons.

Moins blanc est un lis quand il vient d'éclore,
Moins blanc sur le lac un cygne s'enfuit,
Moins blanche aux coteaux s'annonce l'aurore ,
Moins blanche la lune erre dans la nuit.

On tremble aux palais, on pleure aux chaumières ;
Le vieillard est triste, et triste est l'enfant ;
Tout regard a soif de fraîches lumières...
Monte, monte au ciel, astre triomphant !

STELLA MATUTINA

La nuit, pleine d'horreur, enveloppe la terre ;
Le vent mêle ses pleurs aux plaintes des torrents,
Au murmure des bois, au fracas du tonnerre,
Aux cris du loup sauvage et des spectres errants.

Mais, ô bonheur ! du côté de l'aurore,
Un astre blanc et bien doux vient d'éclore :
        C'est l'Étoile du matin,
        Qui va sauver le pèlerin,
        Le pèlerin, le pèlerin !

Oh ! comme j'ai souffert durant ces heures sombres !
Qui dira les tourments du pauvre voyageur,
O péché, tout le temps qu'à travers ses décombres
Ses pieds teignaient de sang les routes de l'erreur ?

Alors qu'à vos genoux, idoles encensées,
De mes prostrations je mendiais le prix,
Oh ! comme j'étais bas dans mes propres pensées,
Comme je frissonnais, mon Dieu, sous tes mépris !

Oh ! comme il est amer, alors que l'on te brave,
O toi, bonté vivante, ô vivante beauté, —
De ce sentier, traînant le boulet de l'esclave, —
S'en aller vers la mort et vers l'éternité !

IN FIGURIS PRÆSIGNATA [1]

AURORA CONSURGENS.

Laisse tes rayons d'or monter sur ma misère,
O toi du grand soleil la douce messagère !
A mes yeux si longtemps voilés d'ombre et de pleurs,
Porte de l'Orient, ouvre enfin tes splendeurs !

VOX TURTURIS.

Quand ils ont fatigué du vain bruit de leurs lèvres
Mes jours pleins de sueurs, mes nuits pleines de fièvres,
O tourterelle blanche, éveille avec ta voix
Un saint écho du ciel dans le profond des bois !

FONS SIGNATUS.

Au souffle dévorant des passions immondes,
Le linceul du désert s'étend, gagne les mondes :
Source pure, ouvre-toi, verse ton flot sacré,
Et ramène la vie à tout sol altéré.

*
* *

O lumière, ô colombe, ô flot pur, ô Marie !
Dans le ciel de l'exil, astre de la patrie,
Dieu, par toi, le matin, et Dieu, par toi, le soir,
Sur nos jours désolés fait refleurir l'espoir !

(1) Musique de Cécilio CHARREIRE.

ELECTA UT SOL

CHŒUR.

Soleil, sur le monde
Verse à flots ton onde
De feux et d'éclairs !   *(bis)*
Clarté sans rivale
Remplis l'univers ;
Monte triomphale,
Monte dans les airs.   *(bis)*

Au fond des espaces,
La nuit et l'effroi,
Soleil, quand tu passes,
Fuyant devant toi ,   *(bis)*
Te proclament Roi !

Les vives étoiles
Scintillaient aux cieux... :
Tu viens... tu les voiles,
Vainqueur glorieux,   *(bis)*
Dans d'immenses feux.

Tu parais : la terre
Tressaille...; ses fleurs
Livrent leur mystère ,
Ses prés leurs couleurs,   *(bis)*
Le matin ses pleurs.

Telle fut choisie
Aux conseils de Dieu
La reine Marie,
Pour porter le feu,
La vie en tout lieu.

ET IN HORA MORTIS NOSTRÆ

CHŒUR.

« Voici l'heure solennelle !
Descends vers moi douce et belle :
Tu m'as permis cet espoir..... »
Au lit de mon agonie,
J'ai vu ma mère s'asseoir.....
C'est toi, toi-même, ô Marie :
Salut, Étoile du soir !

Prends ton vol, ô mon âme :
Sur des ailes de flamme,
Pars pour les champs d'azur,
Pars pour ce ciel si brillant et si pur !
Jours rapides du monde,
Vous courriez comme l'onde,
Vous courriez...; mais enfin
Voici, voici les jours sans fin !

O terre que je laisse,
Étale ta richesse ;
Prés, fleurissez encor ;
Champs et coteaux, montrez vos moissons d'or !
Sans regret je vous quitte.....
Au ciel, où Dieu m'invite,
Sous des soleils meilleurs,
Je vais, je vais cueillir des fleurs.

3*

Ah ! j'ai péché sans doute ;
Dans la glissante route,
J'ai fait plus d'un faux pas ;
Mon cœur, tu fus blessé dans vingt combats !..
Mais, ô douce Marie,
Le mourant qui te prie
Ne connaît pas l'effroi :
Comment craindre, assisté par toi ?

PULCHRA UT LUNA

C H Œ U R.

La nuit monte azurée....
Dans la voute éthérée,
De tous ses feux parée.
On n'entend aucun bruit :
Nul oiseau ne soupire;
Le flot, muet, expire;
Partout, partout respire
Le calme de la nuit...
La nuit, la nuit, la nuit, la nuit !

> *bis.*

Et tout à coup, grande, sereine, blanche,
De l'Océan et de l'Immensité
La lune monte, et sur la terre épanche
Plus de silence encore.... et sa clarté, (*bis*)
Et sa douce clarté.

Le front des bois de blancheur se couronne;
D'un rayon blanc dans son nid visité,
L'oiseau regarde..., et le ruisseau sillonne
En flots d'argent le gazon velouté,
Le gazon velouté.

Reine des nuits, je te trouve bien belle!
Reine des nuits, j'aime bien ta douceur!
Qu'es-tu pourtant, ô reine, près de celle
Que le ciel nomme et ma mère et ma sœur,
Et ma mère et ma sœur ?

CONSOLATION

Oh ! qu'il m'est doux,
Quand mes genoux,
Devant ma mère,
Pressent la terre ;
Oh ! qu'il m'est doux,
A ses genoux,
Simple et fidèle,
De rêver d'elle !

J'ai de mes pleurs
Couvert les fleurs
Que chaque aurore
Faisait éclore...
Et chaque soir
J'allais m'asseoir,
Plus désolée,
Dans la vallée !
Et, dans mes jours
Tristes et courts,
Est-il une heure
Où je ne pleure ?
Et dans cette heure
Même où je pleure,   } *bis*
L'affreux péché
Se tient caché !

PREMIÈRE VOIX

Mais quand ici, le soir, à genoux, je la prie,
Ma mère étend sur moi sa main pour me bénir.

DEUXIÈME VOIX.

Mais ici, dans mon front, courbé devant Marie,
Je sens tarir les pleurs et l'espoir revenir.

DUO.

Non, comme toi rien n'est doux, ô ma Reine !
Non, comme toi, ma Reine, rien n'est fort !
Aimé par toi, l'on brave toute haine;
Béni par toi, l'on ne craint plus la mort.   (*bis*)

PREMIÈRE VOIX.

De mon matin tu fus la douce étoile,

DEUXIÈME VOIX.

Et tu seras mon étoile du soir.

PREMIÈRE VOIX.

Au vent des mers ma nef ouvre sa voile :

DEUXIÈME VOIX.

Que jusqu'au port elle puisse te voir!   (*bis*)

DUO.

Non, comme toi, rien n'est doux ! etc.

EN DES JOURS TROUBLÉS

CHŒUR.

O cantiques du soir, dans notre âme altérée
Versez, versez encor vos flots harmonieux :
La terre a tant besoin, parfois désespérée,   (*bis*)
    Qu'on lui parle des cieux !

DUO.

La terre a tant besoin, parfois désespérée,
    Qu'on lui parle des cieux !
Versez, versez encor vos flots harmonieux.

SOLO.

Faites apparaître Marie
Montant du désert vers le ciel ;
Ou, sur une tige appauvrie,
Montrez à notre rêverie
La rose blanche du Carmel.

SOLO.

Matelots courbés sous l'orage,
Perdus dans l'ombre de la mort,
Nous cherchons en vain le rivage :
O voix, écartez le nuage   (*bis*)
Qui cache l'étoile du port !

CHŒUR.

O cantiques du soir, dans notre âme altérée
Versez, versez encor vos flots harmonieux !
La terre a tant besoin, parfois désespérée,   (*bis.*)
Qu'on lui parle des cieux !

SOLO.

Autour de la Croix, leur bannière,
Soutenez des soldats obscurs,
Et, dans le feu, dans la poussière,
Répétez la devise altière :
« Vivre vainqueurs (*bis*), ou mourir purs ! »

LE PÉCHEUR

RÉFUGIÉ PRÈS DE MARIE

DEMANDE LA PAIX (1)

SOLO.

Viens, ô mon âme,
Dans le saint lieu...,
Viens, et réclame
La paix de Dieu !

} *bis*

CHŒUR.

Douce étrangère,
O paix des cieux,
Vole légère,
Vole à ses yeux !

} *bis*

SOLO.

Bruits de la guerre,
Bruits du tonnerre,
Bruits des autans,
Bruits des volcans,

(1) Musique de Joseph-Chéri DOSSON.

Oh! trêve, trêve !
Terrible glaive ,
Glaive d'effroi,
Repose-toi (1) !

CHŒUR.

Douce étrangère ,
O paix des cieux,
Vole légère,
Vole à ses yeux !

SOLO.

Paix du ciel , dans ce sanctuaire
Je cherche ta calme lumière ;
Enfin mon orgueil a ployé :
Je viens sur le cœur de ma Mère
Reposer mon front foudroyé.

CHŒUR.

Douce étrangère, etc.

SOLO.

J'ai lutté contre l'indigence,
J'ai lutté contre la science,
Contre les vents, contre la mer...
Des pleurs ont trahi ma souffrance,
Mon sang a coulé sous le fer...

CHŒUR.

Douce étrangère, etc.

(1) « O mucro Domini, usque quo non quiesces ? » (ISAÏE.)

SOLO.

J'ai lutté...; mais, dans ma mémoire,
Le remords, au lieu de la gloire,
Flamboie, épouvantable feu !...
O flamme, flamme expiatoire,
Tu brûles le vaincu de Dieu !

CHŒUR.

Douce étrangère, etc.

LE PÉCHEUR A MARIE

O Vierge dont le front se penche
Si pur sous sa couronne blanche,
    Lis du sacré jardin,
    Étoile du matin ;
Vierge plus fraîche que la rose,
Que le clair ruisseau qui l'arrose ;
    Vierge, toi-même, toi,   } *(ter)*
    Oh ! prends pitié de moi!

    Toi-même ! car, hélas !
    Au Dieu de la lumière
    J'ai jeté ma poussière,
    En disant : Tu n'es pas !   *(bis)*

    Toi-même ! car, un jour,
    Du Dieu qui, sur la terre,
    Vint à moi comme un frère
    J'ai renié l'amour.   *(bis)*

    Toi-même ! car le ciel
    M'avait fait pour la gloire ,
    Et moi j'aimai mieux boire
    De la boue et du fiel.   *(bis)*

    Toi-même ! car sur moi
    Le ciel se couvre et gronde....
    Impie, ingrat, immonde,
    Je suis perdu sans toi!...   *(bis)*

NOTRE-DAME DE LA VICTOIRE

CHŒUR.

Donne-moi cette branche
Offerte à mon ardeur,
Et ceins de ta main blanche
Le front d'un fils vainqueur,
Le front, le front d'un fils vainqueur.
Dans la sanglante arène,
Si j'ai fait mon devoir,
Qu'un sourire, ô ma Reine,
Me l'apprenne ce soir !

1er SOLO.

Mon âme a tressailli
Au signal des batailles ;
J'ai vu des funérailles,
Et je n'ai point failli.
Ces cris des combattants (1),
Ces feux, cette tempête,
O Mère, quelle fête
Pour mon cœur de vingt ans !

(1) Cette faute de prosodie (deux rimes masculines) était commandée par la musique.

2ᵉ SOLO.

Que m'importe la faim
Et la soif supportées,
Et ces nuits tourmentées,
Et ces travaux sans fin ?
Dans mes flottants cheveux
Qu'importe la poussière ?
Ma tête, libre et fière,
Regarde encor les cieux !

3ᵉ SOLO.

Cueille d'un doigt tremblant
Ton bouquet, vite, vite !
Cueille la marguerite,
Ma sœur, et le lis blanc..:
A cheval, moi, guerrier,
A cheval dès l'aurore,
Ce soir j'y suis encore
Pour cueillir un laurier.

LE MOIS DE LA SAINTE VIERGE

CHŒUR.

Jeunes sœurs, jeunes frères,
Si vous voulez savoir
Où s'en vont nos prières
Du matin et du soir...,
Eh bien ! nos voix bénies,
Nos chants harmonieux,
Dans leur vol gracieux
Ravissent vers les cieux
Nos âmes réunies.
Toutes nos voix bénies,
Dans leur vol gracieux,
A nos cœurs réunies,
S'élèvent vers les cieux !

1er SOLO.

Votre mois, divine Marie,
Revient toujours, toujours plus doux :
Dès que la plaine est refleurie,
Les premiers parfums sont pour vous ;
Avec les fleurs s'ouvrent les âmes,
Pleines de respect et d'amour....
Ah ! prenez tout, fraîcheur et flammes,
La nuit sereine et le beau jour !

2e SOLO.

Malgré la saison douce et belle,
Le péché nous attriste, hélas !
Que nous importe l'hirondelle,
Et le zéphyr et le lilas ?
Mettez le pied, puissante Reine,
Sur le péché..... Venez ! venez !
Relevez, blanche Souveraine,
Tous ces pauvres cœurs prosternés.

3e SOLO.

Si vous venez, sur notre vie
Le soleil mystique luira ;
Sans regret et sans autre envie
Chacun de nous vous aimera.
Pauvres pèlerins sur la terre,
Au ciel notre œil s'est arrêté....
Apportez-nous l'amour, ma Mère,
Dans la fleur de la pureté.

OCTAVE LACROIX.

AU SOLEIL

CHŒUR.

Les fleurs, les oiseaux, les fontaines,
Toutes les âmes ont chanté,
Et jusqu'aux étoiles lointaines
Le chœur, unanime, est monté.

1er SOLO.

C'est la saison des lis, c'est le réveil des roses ;
Déjà les fleurs, avec leurs urnes demi-closes,
    Semblent de vivants encensoirs :
Sur vos pieds, douce Reine, ô ma Rose mystique,
Le lis inclinera sa corolle pudique
    Tous les matins et tous les soirs.

2e SOLO.

Dans les jeunes rameaux, tout le long de la haie,
L'oiselet jette au vent sa chanson vive et gaie,
    Et la ploie aux rhythmes nombreux :
En vous voyant si bonne, en vous voyant si belle,
Les oiseaux chanteront, Vierge, et battront de l'aile… :
    C'est la saison des jours heureux.

3e SOLO.

La source sinueuse, en son plus doux murmure,
Vous dira : « Plus que moi, Vierge, vous êtes pure !
        Vous êtes plus fraîche que moi !
Vous êtes plus que moi l'onde qui désaltère,
Et partout devant vous fleurissent, sur la terre,
        L'amour, l'espérance et la foi ! »

O. L.

_____

A LA TRÈS-SAINTE VIERGE MARIE

La gerbe ment au moissonneur,
Les plus beaux épis sont arides,
Le jeune rêve du bonheur
N'épargne pas au front les rides ;
Richesse et beauté tour à tour,
Espérance, bonheur et gloire,
Hélas ! tout ne dure qu'un jour !
Qu'espérer à présent ? que croire ?

CHŒUR.

Ma tête penche tristement,
Mon cœur est plein d'angoisse amère,
Je vieillis dans l'isolement.....
Ah ! si j'allais trouver ma Mère !

J'ai poursuivi, les bras ouverts,
Bien des visions insensées :
Dieu seul pouvait lire à travers
Le désordre de mes pensées.
Sur les ailes d'un vain orgueil,
Assourdi du bruit de mes chaînes,
Je volais d'écueil en écueil,
Vain amoureux de choses vaines.

Du moins le deuil et les malheurs
Arrêtent ce torrent sans digue ;
J'ai relevé mes yeux en pleurs,
Comme autrefois l'enfant prodigue,
Et je me suis ressouvenu
Des délices de notre tente :
Là je n'étais point méconnu,
Là je vivais l'âme contente.

Ma Mère ! la connaissez-vous ?
Elle est si pure, elle est si belle,
Que les anges sont à genoux,
Et se font petits devant elle.
Dieu lui-même au plus haut des cieux
A fait asseoir sa créature,
Pour l'honorer à tous les yeux.....
Elle est si belle, elle est si pure !

Reçois l'avis de Gabriel,
Ève pacifique et nouvelle :
N'es-tu pas, vierge d'Israël,
Mère du genre humain comme elle ?
Tu n'as ni rivale, ni sœur...
Donne-nous au moins de te plaire :
Sois notre modèle, ô douceur !
Chasteté, sois notre exemplaire !

Elle est bien mère... elle a pleuré,
Puis elle a souri dans les larmes ;
Et son cœur, joyeux ou navré,
Connut l'espoir et les alarmes.
Elle aimait tant son noble Fils !
Aussi quelle agonie affreuse
A courbé sous le crucifix
La pauvre femme douloureuse !...

Partout l'*Alleluia* pieux
A l'*Alleluia* se marie ;
Mais, entre tous, Reine des cieux,
Réjouissez-vous, ô Marie !
Le Dieu que vos flancs ont porté
A fait ce qu'il promit naguère :
Votre Fils est ressuscité !
Priez pour nous, heureuse Mère.

O vous si bonne, ouvrez les bras :
Est-il un cœur qui ne vous aime ?
Même les cœurs des plus ingrats,
Des plus méchants..., et le mien même !
Qui donc pourrais-je aimer, qui donc,
Plus que vous, Vierge maternelle ?
Vous êtes l'éternel pardon
Et la bienfaisance éternelle.

Vous avez compati toujours
A mes maux... et presque à mes fautes.
Je tiens de vous mes meilleurs jours
Et mes ivresses les plus hautes.
Vierge, faites que mille fois,
En tous les lieux, je le proclame,
Avec votre nom dans ma voix,
Avec votre amour dans mon âme !

O. L.

CANTIQUE POUR LA BÉNÉDICTION

Air : *Où peut-on être mieux ?*

Descends, descends du ciel,
Attente d'Israël,
Espérance du monde !
Voile-nous tes rayons,
Répands sur nous les dons
De ta grâce féconde.
A genoux ! il descend des célestes hauteurs.
Elevons vers l'autel et nos mains et nos cœurs.
    Le Roi des rois, le Dieu des dieux
    Vient d'abaisser les cieux.

Il est prêtre éternel,
Il fait de cet autel
Comme un nouveau Calvaire :
C'est là que son amour
Efface chaque jour
Les crimes de la terre.
« C'est mon corps, c'est mon sang ! » dit-il dans ce saint
                             [lieu :
Et la terre et le ciel chantent : « C'est notre Dieu ! »
    Le Roi des rois, le Dieu des dieux
    Vient d'abaisser les cieux !

Que le Seigneur est doux !
Il veut être avec nous

Jusqu'à la fin des âges.
Il nous suit dans l'exil,
Nous garde du péril,
Nous défend des orages.
Anges saints, accourez, environnez l'autel !
Chantez le Dieu caché, le Sauveur d'Israël !
Le Roi des rois, etc.

Quand au sentier des pleurs
Nous traînons nos douleurs,
Jésus nous fortifie.
Il dit : « Prenez mon corps :
Je suis le pain des forts !
Je suis le pain de vie ! »
Pour nourrir ses enfants de la manne du ciel,
Pour les voir réunis autour de son autel,
Le Roi des rois, etc.

Levons les yeux au ciel :
Quel cortége immortel
Brille autour de son trône !
La troupe des élus
Forme autour de Jésus
Une immense couronne !
Pour guider ses enfants au séjour du bonheur,
Pour entendre leurs vœux, pour agrandir leurs cœurs,
Le Roi des rois, le Dieu des dieux
Vient d'abaisser les cieux !

L'abbé F. ARBELLOT.

FULCITE ME FLORIBUS [1]

Nous avions vu sur sa colonne
L'empereur au grand front penché,
Et nous fîmes un pareil trône
A celle qui fut sans péché.
« —Très-bien, enfants ; mais, pour me plaire,
Reprit la Reine de nos cœurs,
Quand je descendrai sur la terre,
Faites-moi marcher sur les fleurs.

» Oui, j'aime la colonne blanche
Au svelte et gracieux essor ;
J'aime bien la flexible branche
De cette vigne aux pampres d'or ;
Mais, si la voix de votre Mère
A quelque empire sur vos cœurs,
Enfants, si vous voulez me plaire,
Le chapiteau sera des fleurs. »

« —Mais, bonne Mère, en nos campagnes,
Tu le vois, Zéphir ne vient pas
Dépouiller les vieilles montagnes
De leurs blancs manteaux de frimas ;

---

(1) On avait érigé, pour le mois de Marie, une colonne en spirale, avec
une branche de vigne courant dans toute sa hauteur. — Le printemps
était tardif : il fallut, pour faire le chapiteau, employer de très-belles
fleurs artificielles qui avaient été données pour un autre objet pieux.

De pas une brillante aurore
Nos champs n'ont recueilli les pleurs... »
La Vierge répondit encore :
« Faites-moi marcher sur des fleurs ».

Et les noirs aquilons sifflèrent....
Nous pleurions.... lorsque, à pleines mains,
Soudain des anges nous jetèrent
Roses, lis, œillets et jasmins.
Jamais on ne vit au parterre
Briller d'aussi fraîches couleurs....
Le trône est prêt : monte, ô ma Mère ;
Ton pied y foulera des fleurs.

1852

LA PREMIÈRE COMMUNION

A SAINT-PIERRE [1]

LES ENFANTS.

O vous dont la voix paternelle
Nous instruisit durant six mois;
O prêtre, à l'heure solennelle
Parlez-nous encore une fois.

LE PRÊTRE.

« Aux premiers rayons de l'aurore,
Aux brises fraîches du matin,
J'ai vu le lis qui vient d'éclore
Offrir son calice argentin. »

CHŒUR.

Du plus beau jour de notre vie,
        Que le souvenir,
        Fleur de la prairie,
        Étoile chérie,
De son éclat orne notre avenir !

---

(1) Musique de Paul CHARREIRE.

LES ENFANTS.

O voyant des choses divines,
Versez de votre lèvre encor
Sur nos fronts et dans nos poitrines
Des flammes et des rayons d'or !

LE PRÊTRE.

« J'ai vu le vol de la colombe.....
Dédaignant la terre et ses eaux,
Elle a bu la perle qui tombe,
Manne céleste, des rameaux. »

CHŒUR.

Du plus beau jour de notre vie, etc.

LES ENFANTS.

O notre maître, à vos paroles
Nos cœurs, pieusement émus,
Croient entendre des paraboles.....
Les paraboles de Jésus.

LE PRÊTRE.

« Au sein d'une nuit dont les voiles
Couvraient de silence un ciel pur,
J'ai vu de nouvelles étoiles
Briller, toutes d'or, dans l'azur. »

CHŒUR.

Du plus beau jour de notre vie, etc.

LES ENFANTS.

Parlez toujours, parlez, ô père :
Tous à genoux, nous écoutons
La voix qui, sur le saint mystère,
Dit si bien ce que nous sentons.

LE PRÊTRE.

« Nourris d'une sève féconde,
J'ai vu de jeunes arbrisseaux
S'élancer, et promettre au monde
Des fleurs, des fruits, des nids d'oiseaux. »

CHŒUR.

Du plus beau jour de notre vie, etc.

LES ENFANTS.

O prêtre, écho des saints prophètes,
Nous tressaillons à vos discours...
Oui, mon Dieu, les jours que vous faites,
Vos jours sont les plus doux des jours.

LE PRÊTRE.

« Couronné de festons de roses,
Béni par le vieux matelot,
J'ai vu, plein d'espoirs et de choses,
Jeune esquif lancé sur les flots. »

CHŒUR.

Du plus beau jour de notre vie
        Que le souvenir,
        Fleur da la prairie,
        Étoile chérie,
De son éclat orne notre avenir !

SOUVENIR

DE VOTRE PREMIÈRE COMMUNION

Une heure sonnait, la dernière,
Hélas ! du plus beau de vos jours !
Le voile de votre paupière
Allait le clore pour toujours !
Votre ange, auprès de votre couche,
Prit entre les mots, entre tous,
Un mot bien doux, bien doux... : sa bouche
Vous dit tout bas : « *Souvenez-vous !* »

Alors il étendit son aile,
Et, sous ce grand berceau d'azur,
La nuit nous versa, solennelle,
Les visions d'un sommeil pur.
Et désormais du don céleste,
Heureux témoin, gardien jaloux,
L'ange, de la voix et du geste,
Dira tout haut : « *Souvenez-vous !* »

Saints combats de la pénitence,
Où vos fronts, courbés, puis vainqueurs,
Se levèrent dans l'innocence
Reconquise au prix de vos pleurs,
Le soir encor, dans la famille,
Vous pleurâtes : « Pardonnez-nous !....
Mon père, pardonne à ta fille !
Et toi, mère..., *Souvenez-vous !* »

Et l'aube vint. Un doux murmure
Courait à travers sa fraîcheur ;
Les roses prirent leur parure,
Le lis revêtit sa blancheur :
L'église était plus belle encore,
Et, toutes blanches, à genoux,
Aux accents de l'orgue sonore,
Vous adoriez !... « *Souvenez-vous !* »

Heure bénie, où de ce monde
L'âme a dépassé les confins,
Et s'enivre, immense, profonde,
De l'extase des séraphins !
Parfums d'encens, flammes des cierges !
Pour la première fois, l'Epoux
Était assis dans vos cœurs vierges !...
Souvenez-vous ! souvenez-vous !

Vos larmes sur ses pieds versées,
Vos infinis ravissemeuts,
La moisson des saintes pensées,
Le faisceau de vos fiers serments,
Tout ce beau trésor de la vie,
L'écrin de vos sacrés bijoux,
Vous le remîtes à Marie.....
Souvenez-vous ! souvenez-vous !

Ce monde est le vallon des larmes :
Enfants, vous le saurez un jour.....
Ce même monde a quelques charmes :
Enfants, il voudra votre amour.
A ses dangereuses amorces,
A ses plus tragiques courroux,
Opposez d'invincibles forces :
Souvenez-vous ! souvenez-vous !

La divine source est ouverte :
Heureux le champ qui boit ses eaux !
Sur sa pelouse toujours verte
Les fruits courbent les arbrisseaux.
Là, des enfants, comme leurs mères,
Se font des cœurs vaillants et doux.....
Venez souvent aux saints mystères :
Souvenez-vous ! souvenez-vous !

UNE PREMIÈRE LOTERIE

POUR LES PAUVRES

« *Beatus qui intelligit super egennum !* » (Psal.)

———

UNE VOIX (1).

« Cache-toi, rebut de la terre,
— Ont-ils dit ; — pauvre, cache-toi ! »

CHŒUR.

Salut au pauvre ! il est mon frère !
Terre, prends garde : il est ton roi !

Quand Dieu t'adopta pour patrie,
Terre, n'étais-tu pas fleurie ?
N'avais-tu pas de beaux palais ?
Il laissa les fleurs. Des épines
Ceignirent ses tempes divines ;
Et dans une étable en ruines
Il naquit, pauvre pour jamais.

Tes rois, tes magistrats, tes prêtres,
La voix de ce Maître des maîtres
De respect les environna.
Mais ses *maternelles* (2) alarmes,
Ses regards les plus pleins de charmes,
Le sang de son âme, ses larmes (3),
C'est au pauvre qu'il les donna.

---

(1) Musique de Joseph-Chéri Dosson.
(2) « Une mère pourrait oublier son fils ; pas moi, dit le Seigneur. »
(3) « *Lacrymæ sanguis animæ.* » (Saint Augustin.)

Un jour, précédé par sa foudre,
Sur ce monde réduit en poudre,
Dieu mettra son pied triomphant.
A côté du Juge suprême,
Siégeront, ceints du diadème,
Les affamés et les nus, même
Le pauvre pécheur..., puis l'enfant.

Epris d'une clarté vulgaire,
Un siècle eut horreur du mystère...
— Le mystère appelle l'esprit. —
Je cherche au fond de l'étendue,
Moi, chrétien, l'étoile perdue.
Au vieux tronc mourant suspendue,
Une jeune fleur m'attendrit.

Heureux qui comprend la richesse !
Heureux qui donne ! A la faiblesse
Heureux le fort qui sert d'appui !
Au grand manoir, qui les accueille,
Le lierre et le chèvrefeuille,
L'un de fleurs , l'autre de sa feuille,
Font un manteau digne de lui.

Aux bruits lointains prêtez l'oreille :
La vengeance , là-bas , s'éveille ;
Prenez garde au glaive de feu !
O voix du pauvre, voix plaintive,
Douce comme un bruit de la rive,
Monte à toute âme inattentive,
Et parle-lui, toi, du bon Dieu !

Vous qu'en vain jamais on n'implore,
Pour nos pauvres donnez encore ;
Donnez, donnons tous, et toujours.
A la terre, enfin arrosée
Par l'aumône, sainte rosée,
Du ciel la justice apaisée
Ne versera que de beaux jours.

UNE DEUXIÈME LOTERIE

POUR LES PAUVRES

Réponse à l'objection : « Encore une !... Cela revient bien souvent ».

Air des *Brésiliens*.

CHŒUR.

Petits enfants, on vous surveille,
On voit vos mains, ce qu'elles font ;
Mêlez, mêlez dans la corbeille,
Prenez en haut, prenez au fond.
Petits enfants (*bis*) on vous surveille,
Prenez partout dans la corbeille,
Prenez en haut, oui, prenez, prenez au fond,
Prenez partout dans la corbeille (*bis*),
Au fond, au fond, au fond surtout.
Ici, là-bas,
On vous regarde.
Prenez bien garde :
Ne trichez pas.
Enfants, enfants, ne trichez pas ;
Ne trichez pas, on vous surveille :
Dans la corbeille,
Plongez le bras,
Cherchez bien bas, bien bas,
Dans la corbeille ;
On vous surveille :
Ne trichez pas.

Partout, là-haut, là-bas, on vous regarde :
Prenez bien garde ;
Ne trichez pas,
Enfants, enfants, ne trichez pas.

Loterie, étonnante fée,
Hier aux portes mendiant,
Reine aujourd'hui sur un trophée
D'or, de fleurs, de maint don friand,
Prends donc ta baguette à miracles,
Et, touchant ces billets nombreux,
A chaque mot de ces oracles,
Fais un riche, fais un heureux !

Ne manque pas d'être bizarre :
Au poète donne un compas,
A la jeune fille un cigare,
Une layette aux grands-papas.
Pourtant.... discerne le mérite :
Tu sens que ce serait fort sot
Si K..... n'avait pas la marmite,
Si je n'ai pas, moi, le gros lot.

Chante, sois aimable, fais rire,
Pare-toi de si beaux atours,
Qu'au lieu de se plaindre, on désire
Te voir et te revoir toujours.
Reviens, car à tous tes passages
Les pauvres t'acclament. Pourquoi,
Puisque vraiment tu les soulages,
Se plaindrait-on encor de toi ?

TABLE DES MATIÈRES

Pages.

Œuvre de la Sainte-Enfance, poème............... 1

Hymne de la Propagation de la Foi............... 10

La Charité....................................... 12

Hymne de la Persévérance, chant du navire *le Fidèle* 14

Hymne pour les Ostensions de 1876............... 17

Hymne de l'Immaculée-Conception............... 24

Saint Vincent de Paul........................... 29

Cantate à sainte Germaine....................... 32

Saint Félix de Cantalice......................... 35

Sainte Catherine de Sienne...................... 37

L'Annonciation.................................. 40

La Visitation.................................... 41

Marie dans l'étable de Bethléem................. 42

Compassion de Marie............................ 44

Le mois de Marie................................ 46

Marie reine du ciel.............................. 49

Les Fidèles soupirant après le dogme de l'Immaculée-Conception............................. 51

Stella matutina................................. 33

In figuris præsignata........................... 54

Electa ut sol................................... 55

Et in hora mortis nostrœ 57

Pulchra ut luna 59

Consolation 60

En des jours troublés 62

Le pécheur, réfugié près de Marie , demande la paix 64

Le pécheur à Marie 67

Notre-Dame de la Victoire 68

Le mois de la Sainte-Vierge 70

Au Soleil 72

A la très-sainte Vierge Marie 74

Cantique pour la Bénédiction 77

Fulcite me floribus 79

La première Communion à Saint-Pierre 81

Souvenir de votre première Communion 84

Une première Loterie pour les pauvres 87

Une deuxième Loterie pour les pauvres 89

Limoges et Paris. — Imp. Chapoulaud frères.

www.ingramcontent.com/pod-product-compliance
Lightning Source LLC
Chambersburg PA
CBHW060431260626

47161CB00005B/1871